# A Summer's Trade
## Shį́įgo Na'iini'

Written by Deborah W. Trotter • Illustrated by Irving Toddy

*Deborah W. Trotter*

Library of Congress Cataloging-in-Publication Data

Trotter, Deborah W.
 A summer's trade / written by Deborah Trotter ; illustrated by Irving Toddy ; translated by Lorraine Begay Manavi. -- 1st ed.
     p. cm.
 English and Navajo.
 Summary: Tony saves all his money to buy the beautiful saddle at the trading post but when his grandmother becomes ill after pawning her valuable bracelet to help Tony's uncle, Tony is faced with a difficult decision.
 ISBN-13: 978-1-893354-71-5 (hardcover : alk. paper)
 ISBN-10: 1-893354-71-7 (hardcover : alk. paper)  1.  Navajo Indians--Juvenile fiction. [1. Navajo Indians--Fiction. 2. Indians of North America--Southwest, New--Fiction. 3. Grandmothers--Fiction. 4. Family--Fiction. 5. Navajo language materials--Bilingual.]  I. Toddy, Irving, ill. II. Title.

PZ90.N38T74 2007
[Fic]--dc22

                                           2006101388

Edited by Jessie Ruffenach
Navajo Translation by Lorraine Begay Manavi
Navajo Editing by the Navajo Language Program at Northern Arizona University
Designed by Bahe Whitethorne, Jr.


Printed in China

First Printing, First Edition
13 12 11 10 09 08 07  10 9 8 7 6 5 4 3 2 1


The paper used in this publication meets the minimum requirements of the American National Standard for Information Sciences — Permanence of Paper for Printed Library Materials, ANSI Z39.48-1984.


Salina Bookshelf, Inc.
Flagstaff, Arizona 86001
www.salinabookshelf.com

## Dedication

To my parents, who enriched my childhood with visits to the Southwest;
and to my husband, who keeps taking me back.
— *Deborah*

To my family and the Navajo community of Pine Springs, Arizona.
— *Irving*

Yootó bił hahoodzoh bii’ dóó Na’nízhoozhí bináhás’a’jí łeezh bee ’atiin bikáá’ hodiwolgóó chidí bikéejį’ adeez’áhí léi’ łeezh bee łibáago dah naaltalgo yilwoł. Abíínígo jóhonaa’éí bits’ą́ą́dóó tsé daní’áhígíí dóó níléí tsé dah naazką́ą́jį’ bida’didla’go tséhígíí daalchxíí’ dóó daaltsoh dóó tsédídéehgo ninánídah. Tóonii ’abą́ą́hjí dah sidáago bił oobą̱s, áko nidi chidí bił dah naalgeedgo doo yaa ná’áhodílt’į̨į̨ da. Na’nízhoozhíjį’ nízaad nidi díkwíidi shį̨į̨ bimá yił ákǫ́ǫ́ naazh’áázh.

Díí ’abíníígíí biyi’ éí Tóonii t’áá hooghangi bidooshį̨łígíí yaa nitsékees, áajį’ ahoolzhiizhgo doo Na’nízhoozhígóó bíni’ da doo. Łį̨į̨’ bił naaldloozhgo, bizhé’é yił dibé dóó tł’ízi neiniłkaadgo ’áká’análwo’ dooleeł. Áko nidi, łį̨į̨’ biyéél bee hólǫǫgo t’éiyá Tóonii nízaadgóó łé’é yázhí yikáá’ dah sidáago yíneel’ą́ą dooleeł.

Bik’e nida’jiiléego da’adání góne’é Tóonii bimá ch’iiyáán neikáhí nilį̨į̨go naalnish. Da’adánígi bíighah góne’ naalyéhé bá hooghan bił haz’ą́. ’Ákóne’ łį̨į̨’ biyéél nizhóní léi’ t’áá chooz’į̨dígíí si’ą́ą̱go Tóonii haideel’į̨’. Łį̨į̨’ biyéél akał bee ’ályaaígíí nízaadgóó chooz’į̨dgo bits’ą́ą́dóó dinilzhin dóó dilkǫǫh silį̨į̨’ áádóó bik’os háá’áhígi dootł’izhii ’ádaałts’íísígo ’abaní bił daashbizhgo bik’ídeesdiz. Hastiin naalyéhé yá sidáhí, Hastiin Hílison wolyéego, Tóonii kwe’é ’áká’anánílwo’ doo bidíiniid. Tóonii ninálnishígíí yik’é Hastiin Hílison t’áá dimóo ná’oodleeł bik’eh naadiin béeso bá hasht’e’ niyiinííł. Tóonii béeso yik’é ninálnishígíí bá bíighah silį̨į̨’go łį̨į̨’ biyéél yee neidiyoołnih nízin. T’áá nááná háida t’áá shé’átsé nayółniih lágo nízin.

---

A dusty pickup bounced along the rutted, dirt road on the Navajo Indian Reservation outside of Gallup, New Mexico. The early morning sun brought out deep red hues in nearby rocks, and yellows and purples on distant mesas. In the passenger seat, Tony barely noticed how the ride jostled him. He had made this long trip to Gallup with his mother many times.

This morning, Tony daydreamed about spending some of his summer days at home on the Reservation instead of going into Gallup. He would ride with his father, helping to tend the family’s roaming flocks of sheep and goats. But Tony needed a saddle before he could sit for hours on the back of a pony.

In the Trading Post next door to the restaurant where his mother was a waitress, Tony had discovered a beautiful, used saddle for sale. Its dark leather was worn smooth, and there were small nuggets of turquoise laced in the rawhide braid wrapped around the horn. Mr. Hilson, the owner of the Trading Post, invited Tony to help out around the store. In payment, Mr. Hilson put twenty dollars a week into an account for him. As soon as he earned enough money, Tony wanted to buy that saddle. He hoped no one else bought it first.

Bik'é nida'jiiléego da'adánígi 'éí Merl's Diner hoolyé. 'Éí bich'éédą́ą'góó nináda'abąsígi Tóonii bimá bił ni'ílwod áádóó, "Kodi niit'áázh," níí lá. Tóonii 'adááyáá dóó chidí bikéejį' adeez'áhí bidáádílkał ayííłhan. Tóonii bitsii' łizhin dóó nizhónígo bitsii' ná'ázt'i'. Nídíyołgo bitsii' názt'i'í dah naasaałgo 'ánáyiil'įįh. "Ałní'ní'ą́ąjį' ahoolzhiizhgo nááda'adą́ąjį' o'oolkidgo shaa nídíídááł," biłní bimá. Bik'é nida'jiiléego da'adánígóó bimá dah diiyáago Tóonii bimá yich'į' dah nideesnii'.

Tóonii naalyéhé bá hooghan góne' yah ííyáago be'eldííl dáádílkał bąąh dah si'ánígíí diists'ą́ą'. "Yá'át'ééh abíní, Tóonii," ní Hastiin Hílison. "Dííjį 'éí yadiizíní ch'iiyáán daabii'ígíí tsits'aa' ła' bii' sinil. Éí tsits'aa' bii'dę́ę' hahidííniłii' nidahidoonih biniiyé dah ninádaa'niłígi hazhó'ó dadíítł'ííł. Áádóó 'índa héél ninádaa'nił góne' ch'íhodííshoh. Ákóne'é 'ayóo łeezh dibahí bee halbá."

"Hágoshį́į, Hastiin Hílison," ní Tóonii.

---

"Here we are," said his mother, as she parked in front of the Trading Post. Tony got out and slammed the truck door. The high desert wind fluttered the bandana covering his straight, black hair. "Come see me at lunchtime," his mother said. Tony waved as she walked toward the restaurant.

The bell on the door jingled as Tony walked into the Trading Post. "Good morning, Tony," said Mr. Hilson. "Today, I need you to unpack some canned goods and stack them carefully on the store shelves. Then you can sweep out the storage area. It's really dusty back there."

"Okay, Mr. Hilson."

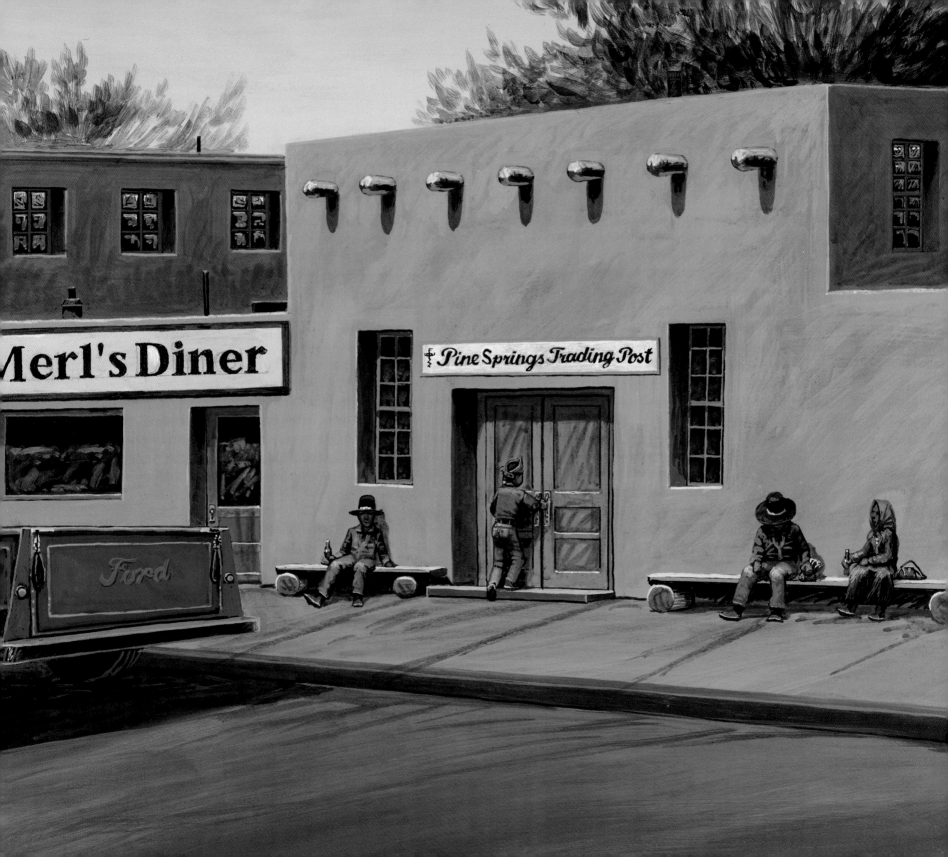

Naalyéhé bá hooghangi łą́ą́go baa na'iiniih.
Ał'ą́ą́ dadine'é dahoołtse' yiniiyé ch'aa nídadikahígíí
Bitsį' Yishtłizhii binaalye' t'áá yílá yee 'ádeiił'ínígíí
nideiidiyoołnihgo biniinaa daníłts'ą́ą́'dę́ę́' nihekááh. Ts'aa'
dóó hashtł'ish łeets'aa' dóó yoo' dóó látsíní dóó yoostsah
dootł'izhii dóó béésh łigai bee 'ádaalyaaígíí dóó diyogí
nizhónígo nidaashch'ą́ą́'ígíí da 'ádaat'éhígíí nidayiiłniih.
T'áá 'aháą́h naalyéhé bá hooghandóó nida'iiłniihígíí 'éí
t'áá deiinízinígíí 'éí doodago t'áadoo lé'é náádeiinídzinígíí
naalyéhé yá sidáhí yił ałhaa nida'iiłniih.

Naabeehó danilínígíí binaalye' t'áá bí 'ádeiił'ínígíí
béeso yiniiyé naalyéhé bá hooghan yá sidáhígíí yił
ałgháá'da'a'nił éí doodago béeso yiniiyé ą́ą́h nida'iinííł. Ła'
béeso yídin danilį́į́go yiniinaa 'ákódaat'į́. Ła' éí t'óó bá baa
'ádahayą́ą́ doo yiniiyé bidootł'izhii naalyéhé bá hooghangi
ą́ą́h nidayiiznil. Nídahodiigháahgo 'índa háádeii'nił áádóó
binaalye' chonáádayooł'į́į́ łeh.

Tóonii 'éí yéego naalnish. Ts'ídá t'áá 'áłahíjį' ni'góó
nahalzhoohgo haz'ą́. Naalye' tsits'aa' daabii'ígíí 'ą́ą́'
ádaalne' dóó nidahidoonih biniiyé dah nídaa'niłigi hazhó'ó
daatł'ingo 'ałdó' t'áá 'aháą́h bina'anish. Hastiin Hílison
binaanish hólǫ́ǫ́go 'éí Tóonii nida'iiłniihígíí yíká 'análwo'.
Áádóó Tóonii naalyéhé bá hooghan góne' naalyéhé hasht'e'
nihees'nilígi haidínóotaałgi bił bééhózin.

The Trading Post did a lot of business. Tourists came
to buy Indian-made goods, such as baskets, pottery, turquoise
jewelry, and colorful, woven rugs. Regular customers could
buy or trade for just about anything they needed.

Navajos could trade or "pawn" their jewelry in
exchange for cash. Some did it because they needed money.
Many did it because they wanted their turquoise jewelry
to be safe in the Trading Post vault until they needed it for
ceremonial wear.

Tony worked hard. There was almost always sweeping
to do. Unpacking boxes and stacking things on shelves
was a regular job, too. If Mr. Hilson was busy, Tony could
help customers. He knew where to find everything that was
stocked in the Trading Post.

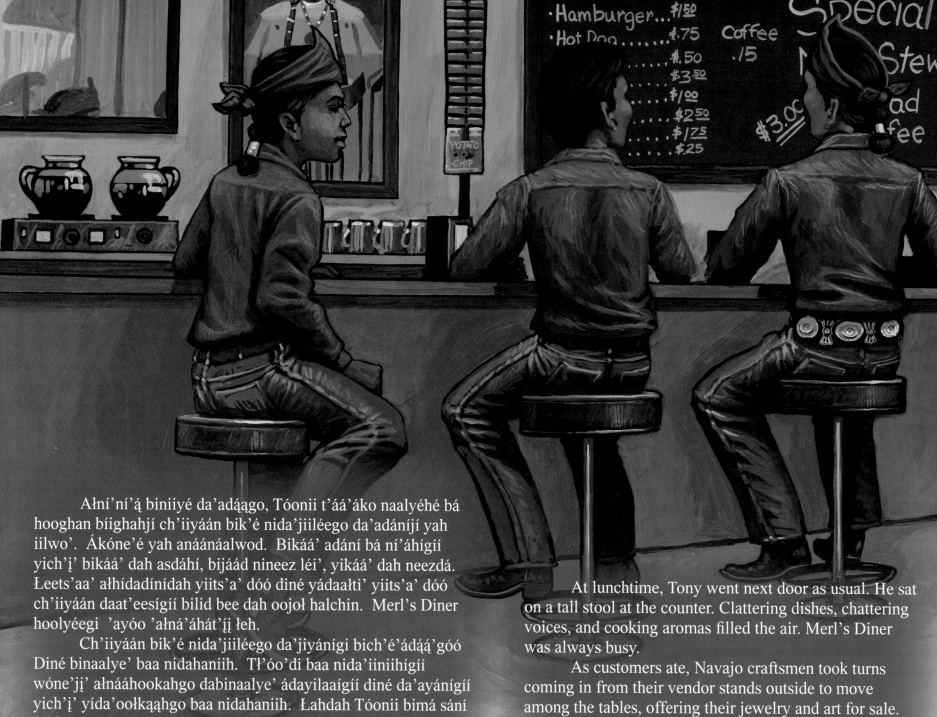

Ałní'ní'ą́ biniiyé da'adą́ągo, Tóonii t'áá'áko naalyéhé bá hooghan bíighahjí ch'iiyáán bik'é nida'jiiléego da'adánijí yah iilwo'. Ákóne'é yah anáánáalwod. Bikáá' adání bá ní'áhígíí yich'į' bikáá' dah asdáhí, bijááď nineez léi', yikáá' dah neezdá. Łeets'aa' ałhídadínídah yiits'a' dóó diné yádaałti' yiits'a' dóó ch'iiyáán daat'eesígíí bilid bee dah oojoł halchin. Merl's Diner hoolyéegi 'ayóo 'ałná'áhát'į́ į́ łeh.

Ch'iiyáán bik'é nida'jiiléego da'jiyánígi bich'é'ádą́ą́'góó Diné binaalye' baa nidahaniih. Tł'óo'di baa nida'iiniihígíí wóne'jį' ałnááhookahgo dabinaalye' ádayilaaígíí diné da'ayánígíí yich'į' yída'oołką́ą́hgo baa nidahaniih. Łahdah Tóonii bimá sání 'ałdó' áadi baa niná'iinih. T'áá dimóo ná'oodleeł bik'eh t'áála' ajį́ Tóonii bimá sání Na'nízhoozhígóó 'akéé' iih yilwo', Tóonii bimá yázhí 'ootseed ííł'ínígíí yá baa nahidoonih biniiyé. Yoo' béésh łigai bee 'ádaalyaaígíí dóó yoostsah dootł'izhii dóó yoo' łichí'í biníí' sinilígíí baa nináhánih.

At lunchtime, Tony went next door as usual. He sat on a tall stool at the counter. Clattering dishes, chattering voices, and cooking aromas filled the air. Merl's Diner was always busy.

As customers ate, Navajo craftsmen took turns coming in from their vendor stands outside to move among the tables, offering their jewelry and art for sale. Sometimes Tony's grandmother did that, too. One day a week, she came to Gallup with him and his mother to sell his aunt's handcrafted silver necklaces and rings, set with turquoise and coral stones.

Tóonii 'ałtso 'ííyą́ą'go naalyéhé bá hooghandi nádzá. T'óó yah
anáádzáhígo hastiin áłts'óózí léi' bitł'aajį'éé' dootł'izhí nídiniiba'go yii'
si'eez dóó ch'ah dah ookáłí łizhin léi' bik'i dé'ą́ągo yiyiiłtsą́. 'Éí hastiinígíí
łį́į́' biyéél yitah déez'į́į́'. Tóonii łį́į́' biyéél yidáahjį' nilínée hastiin néidii'ą́.
"Hastiin Hílison, dííshą' díkwíí bą́ą́h ílį́?" níigo hadoolghaazh.

"Ei t'áálá'ídi neeznádiin dóó bi'aan tsosts'idiin dóó bi'aan ashdla',"
níigo Hastiin Hílison bich'į' hanáádzíí'.

Hastiin łį́į́' biyéél ni' ninéiní'ą́, 'áko nidi 'akał yilzhólíígíí t'áá
yídílnih. Doo náhididziihgóó, Tóonii t'óó 'ahodéeszee'. T'áá shǫǫ hastiin
nahgóó dah diiyá.


After lunch, Tony returned to the Trading Post. The first thing he saw
was a skinny man in worn denims and a black hat looking at saddles. The
man picked up the saddle Tony wanted. "How much for this, Mr. Hilson?"
he called out.

"That's one seventy-five," Mr. Hilson answered.

The man put the saddle down, but kept rubbing its smooth leather.
Tony held his breath. Finally, the man moved away.

Naalyéhé bá hooghan góne' tsin 'ádaałts'óózígo danineez léi' ła' dah naaztą́ą́go diyogí bik'i dah naastsooz, hazhó'ó danél'į́į doo biniiyé. 'Ałní'ní'ą́ą́dóó bik'iji' Tóonii 'éí diyogí dah naastsoozígíí hazhó'ó tsin yą́ą́h dah nídei'nilgo hodíina'. Diyogí 'ayóo nidaashch'ą́ą'ígíí biniinaa díkwíí shį́į nídeezid 'aleehgo 'índa 'ałtso daastł'ǫ́ łeh. Tóonii bimá sání 'éí 'atł'óó dóó bihooghan nímazí bíighahgi dah yistł'ǫ́ tł'óo'gi ła' sizį́.

Tóonii t'ah áłchíní nilínéedą́ą́' bimá sání yíighah sidáago bináá́ł atł'óogo lą́'í néilkááh nít'ę́ę́'. Bimá sání 'atł'óogo, bizází baa dahane' yę́ę Tóonii yee yił nahalne' łeh nít'ę́ę́'. Ha'a'aahjigo wót'ááhgóó dził dootł'izhii dílzingo si'ánígíí yaa 'íhooł'ą́ą́'. Asdzą́ą́ Nádleehí yaa 'íhooł'ą́ą́' dóó biyáázh naakii nilínígíí naayéé' yiiyííghą́ą'go yinahji' Naabeehó dine'é yisdáyíínilígíí yaa 'íhooł'ą́ą́'. Jóhonaa'éí łį́į' ts'ídá 'áłtsé Naabeehó dine'é yeiníláago baa hane'ígíí Tóonii 'ayóo bił nizhóní nít'ę́ę́'.

---

That afternoon, Tony spent some time straightening the traditional Navajo rugs displayed on wooden rods in the Trading Post. With their complex patterns, the rugs took months to design and complete. Tony's grandmother wove rugs and had a loom outside her hogan.

When he was younger, Tony had spent many days at Grandmother's side watching her work. While she wove, she told Tony stories about the ancient days of the Navajo People, or Diné. He learned about the sacredness of the Turquoise Mountain, towering in the sky to the east. He learned about Changing Woman and how her twin sons killed many monsters to save the People. He loved the story of how Sun Bearer first brought horses to the People.

Nida'iizhnishgo, Tóonii dóó bimá hooghangóó bił ná'oolwołgo, Tóonii bimá yázhí bighan naadzį́zí dóó t'áá násídi bimá
sání bihooghan nímazí si'áníígíí yíighah bił ch'í'ílwod.

"Shooh. T'ah wódahdi 'az'ą́ą nidi, shidá'í nádzáá lá," ní Tóonii. "Níléidi bichidí bikéejį' adeez'áhí sizį́."

"Ha'át'íi da shą' biniiyé?" ní Tóonii bimá. "Yiskáągo, nimá sání bik'eh iit'áazhgo shį́į́ nihił bééhodoozį́į́ł." Tóonii bidá'í
nízaadi, díkwíí shį́į́ tsin sitą́ą́di naalnish. Ch'íníłį́į́gi, Hoozdoh Hahoodzoh yiyi'jí naalnish. Tóonii bidá'í 'ał'ąą dadine'é dahoołtse'
yiniiyé ch'aa nidaakaiígíí táidiyeehgo binaanish ííł'į́. Tséyi' bii' Anaasází bikits'iil naaznilígóó deiidínóoł'į́į́ł yiniiyé táidiyeeh.

On the drive home after work, they passed Tony's aunt's trailer and Grandmother's nearby hogan.
"Look. My uncle is home early," said Tony. "There's his truck."
"I wonder what that's about," said his mother. "I guess we'll find out tomorrow when we pick up Grandmother." Tony's uncle worked many miles away in Chinle, Arizona. His job was driving tourists through Canyon de Chelly to visit the many ancient Anasazi ruins there.

Biiskání, Tóonii bimá sání chidí yiih yíghaahgo, Tóonii yíighah dah neezda. 'Áadoo bighan bił haz'ą́ągi yaa hoolne'. "Shaadaaní bikee' ts'in ła' bii' ní'áhígíí k'íinítxi'. Áko dahoołtse' yiniiyé ch'aa nidaakaiígíí táidiyeehgo doo bá bohónéedzą́ągóó hodidoonaał. Doo bich'į' na'ílyéégóó t'áálá'í nídidooził. Bichidí bikéejį' adeez'áhí yik'é niidoolélę́ę bi'diił'á."

Bik'é nida'jiiléego da'jiyánídi, Merl's Diner hoolyéegi, chidí yiyi'déę́' hadáájée'go, Tóonii bimá sání naalyéhé bá hooghan góne'é Tóonii yikéé' yah ííyá. Tóonii bimá sání yigáałgo bitł'aakał naaka'at'ą́hí dishooígíí "ts'isxooh" yiits'a'go níléí 'ą́ąh nida'ii'níiłjį' niníyá. 'Áádóó bilátsíní béésh łigai bee 'ályaaígíí dóó dootł'izhii biníí' sinilígíí ádeidiitą́. 'Éí látsíní t'áá ch'ikéę́h nilį́į́dą́ą́' yee hadít'éego nahashzhiizh. Tóonii 'éí t'óó déez'į̜'go bináał. Bimá sání bilátsíní Hastiin Hílison yeinítą́ą́ dóó 'éí látsíníígíí bidiníná béeso ła' baa yí'nil. Tóonii bimá sání t'áadoo 'iits'a'í Tóonii t'óó yíighah ch'íníyáá dóó Merl's Diner hoolyéégóó dah diiyá.

The next day when Grandmother climbed into the truck next to Tony, she explained what had happened. "My daughter's husband broke his foot. He can't be driving tourists for a while. No paychecks for at least a month. He's worrying about his truck payments."

When they got out of the truck at Merl's Diner, Grandmother followed Tony into the Trading Post. Her velvet skirt swished as she marched over to the pawn counter and removed her silver and turquoise bracelet – the one she had worn since she was a young woman. Tony stared as she gave it to Mr. Hilson and received some cash in return. Grandmother didn't say a word as she walked past Tony and out the door toward Merl's.

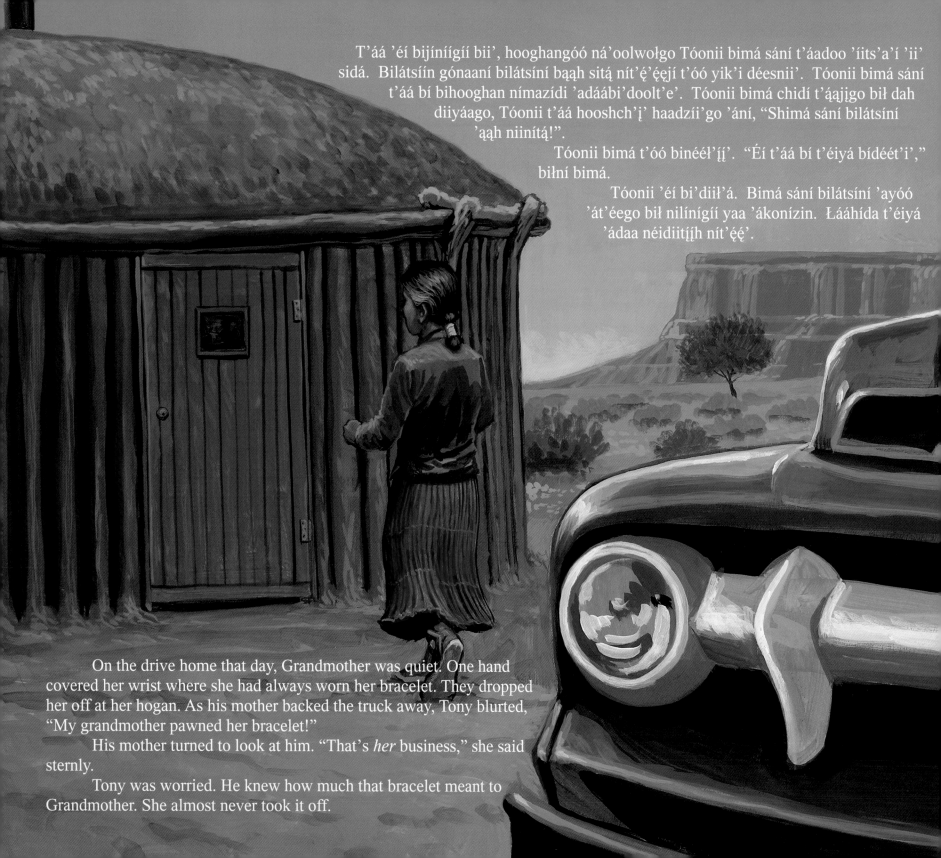

T'áá 'éí bijíníígíí bii', hooghangóó ná'oolwołgo Tóonii bimá sání t'áadoo 'íits'a'í 'ii' sidá. Bilátsíín gónaaní bilátsíní bąąh sitą nít'ę'ęęjí t'óó yik'i déesnii'. Tóonii bimá sání t'áá bí bihooghan nímazídi 'adáábi'doolt'e. Tóonii bimá chidí t'ąąjigo bił dah diiyáago, Tóonii t'áá hooshch'į' haadzíi'go 'áni, "Shimá sání bilátsíní 'ąąh niinítą́!".

Tóonii bimá t'óó binééł'į́į́'. "Éí t'áá bí t'éiyá bídéét'i'," biłní bimá.

Tóonii 'éí bi'diił'á. Bimá sání bilátsíní 'ayóó 'át'éego bił nilínígíí yaa 'ákonízin. Łááhída t'éiyá 'ádaa néidiitį́į́h nít'ę́ę́'.

On the drive home that day, Grandmother was quiet. One hand covered her wrist where she had always worn her bracelet. They dropped her off at her hogan. As his mother backed the truck away, Tony blurted, "My grandmother pawned her bracelet!"

His mother turned to look at him. "That's *her* business," she said sternly.

Tony was worried. He knew how much that bracelet meant to Grandmother. She almost never took it off.

Dimóo náá’ásdlįį’go Tóonii dóó bimá Na’nízhoozhígóó bił náá’deeswodgo Tóonii bimá sání ’iih náánályeed yiniiyé yighandi bił ni’iltłah.  Nít’ęę’ Tóonii bimá yázhí chidí yich’į’ niníyá, bikéé’ éí Tóonii bitsiliké ’ahi’noolchééł.  “Nihimá sání bitah doo yá’áhoot’éeh da,” ní Tóonii bimá yázhí.  “Bihooghan nímazídęę’ doo ch’éghááhgóó k’ad naaki yiská.  K’ad shįį hataałii ła’ bá yidookąął.”

 “Shich’ooní bee bił hodeeshnih,” ní Tóonii bimá.

Tóonii ’ałnádoolnii’go t’óó yaa ’anoolne’.

Bimá sání yídin nilínígíí yaa ’ákonízin.

“Shooh,” ní Tóonii bimá yázhí, “nináda’iilye’ biniiyé béeso ła’ yee nihíká ’eelwod, shich’ooní doo naalnishígíí biniinaa. Háádęę’ béeso néidii’ánígíí ’éí doo yaa halne’ da.”

The next week when they stopped to pick up Grandmother for the drive to Gallup, Tony's aunt came out to the truck, followed by Tony's two young cousins. "Grandmother is not well," she said. "She hasn't come out of her hogan for a couple days. It may be time to call the medicine man."

"I'll talk to my husband about it," Tony's mother said.

Tony crossed his arms and lowered his chin. He knew what Grandmother needed.

"By the way," said Tony's aunt, "she gave me some cash to help with expenses while my husband isn't working. Wouldn't say where she got it."

'Éí bijį́, Na'nízhoozhígóó hoł oolwołgo doo shónízáádgóó chidí yilwoł nahalin. Bik'é nida'jiiléego da'adánígi, Merl's hoolyéegi, hoł ílwodgo t'áá hooshch'į' Tóonii naalyéhé bá hooghangóó dah diilwod dóó 'áadi 'ą́ą́h nida'iilyéhí'jį' niilwod. "Hastiin Hílison, shimá sání bilátsíní ts'ídá bá háádeeshtį́łí nisin," ní Tóonii.

Nít'ę́ę́' Hastiin Hílison ábíłní, "Tóonii, bee haz'áanii nił bééhózin, ą́ą́h ni'ílyáago 'ą́ą́h ni'níláhígíí t'éiyá hanéidoodléełgo bee haz'áá dóó hastą́ą́ nídeezid dóó yówohjį' ą́ą́h ni'jisłáago 'índa háázhdoodléełgo t'éí bee haz'ą́."

" 'Azhą́ 'ákót'ée nidi, shimá sání bá 'ádíshní." Tóonii chah bii' naaldoh nahalingo 'ání. "Bitah honeezgai, bilátsíní yídin nilį́."

Hastiin Hílison yíkástxi' nidi 'ání, "T'áá shį́į́ 'áko, jó 'áhánígo bik'éí nílį́." Hastiin Hílison t'óó kóníghQ́níjį' áhodiilzee'. "Da' béeso ná hasht'e' niheshnííł yę́ę́ísh bii'dóó hadoo'nił?"

Tóonii hózhǫ́ k'éhézdongo yiizį̀' dóó bitsiits'iin deigo yiłne'. "Aoo', t'áá shǫǫdí. T'áá dííjį́," ní.

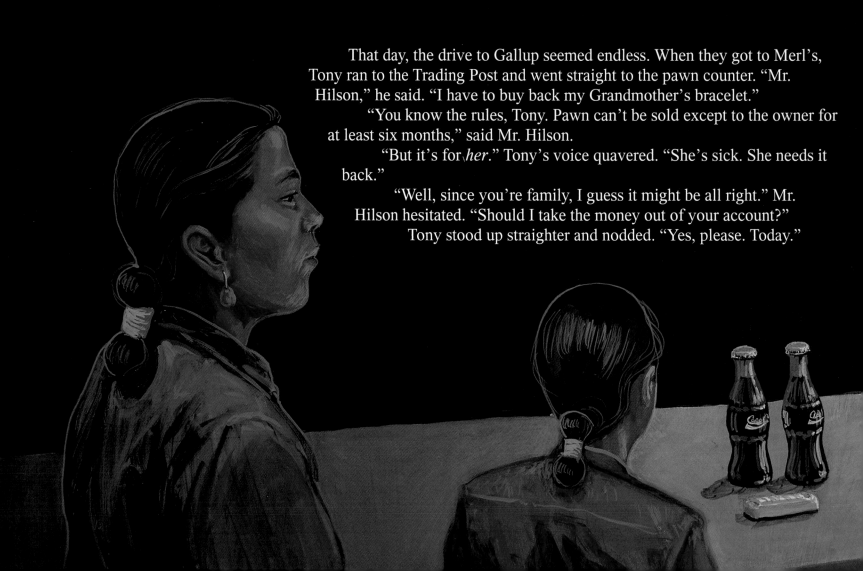

That day, the drive to Gallup seemed endless. When they got to Merl's, Tony ran to the Trading Post and went straight to the pawn counter. "Mr. Hilson," he said. "I have to buy back my Grandmother's bracelet."

"You know the rules, Tony. Pawn can't be sold except to the owner for at least six months," said Mr. Hilson.

"But it's for her." Tony's voice quavered. "She's sick. She needs it back."

"Well, since you're family, I guess it might be all right." Mr. Hilson hesitated. "Should I take the money out of your account?"

Tony stood up straighter and nodded. "Yes, please. Today."

Tóonii dóó bimá hooghangóó bił ná'oolwołgo, Tóonii 'ání, "Shimá sání bighangi ni'í'díílííł. T'áadoo le'é baa nishłé."

Tóonii bimá t'áadoo haadzíi' da. T'óó 'íiyisí 'atiinígíí yits'á 'ásbą́ą́z dóó Tóonii bimá sání bihooghan nímazí yich'éédą́ą'gi bił ni'íltłah. Tóonii 'adaalwod dóó t'áadoo 'iits'a'í bimá sání yighan góne' yah ííyá. Bimá sání 'éí sitį̨́igo t'óó néeshch'il.

"Shimá sání," níigo Tóonii hazhó'ígo haadzíí'. Bimá sání bilátsíní 'éí yich'į' yił dah doolnih. Tóonii bimá sání deezghal dóó t'óó t'į̨hdígo bitsiits'iin deigo yiłne'. Tóonii náás deeyáá dóó bimá sání bílátsíín t'áá yaa yizidgo yiyiiłtsood dóó dei kóyiilaa.

'Áádóó bimá sání bilátsíní 'ádą́ą́h ninéítį́hę́ę́gi yą́ą́h ninéinítą́. Tóonii bimá sání nániilch'iil, áádóó Tóonii hooghan nímazídę́ę́' ch'ínádzá.

T'áá 'éí bitł'éé', Tóonii bizhé'é yaa daaní nilínígíí yaa nanitáágóó bił o'oolwod. Áádóó bik'i nahodoogaałgo nihodoot'ááł yiniiyé yich'į' bił na'aswod. Bił hózhǫǫgo nádzá. "Nimá sání yá'át'ééh náádleeł," níigo yaa nahasne'. Tóonii t'óó niilch'iil dóó t'óó binii' yiyoołdoh.

---

On the drive home, Tony said, "We need to stop at Grandmother's. I have something for her."

His mother said nothing, but she turned off the main road and stopped in front of Grandmother's hogan. Tony got out and quietly entered. Grandmother was lying down, her eyes closed.

"My Grandmother," Tony whispered. He held out her turquoise bracelet. She opened her eyes and nodded slightly. Tony approached and carefully lifted her wrist. Then he slipped the bracelet back on where it belonged. Grandmother closed her eyes again, and Tony left the hogan.

That night, Tony's father drove over to see Grandmother and talk with his sister about arranging for a healing ceremony. He returned in a happy mood. "Grandmother is better," he reported. Tony closed his eyes and smiled.

Dimóo náá'ásdlį́į'go Tóonii bimá sání Tóonii dóó bimá Na'nízhoozhígóó yił naaskai. Da'adánígi, Merl's hoolyéegi yíkaigo, Tóonii bikee' yooshołgo naalyéhé bá hooghangóó dah diiyá. Łį́į' biyéél yiniiyé béeso hasht'e' niyii'aah yéeni' bee hanááhodoolzhish. Nináda'abąsígi tódilchxoshí bizis bidáádít'áhí t'áá díkwííhí nayídzíłtaałgo hodíina' áádóó 'índa yah ííyá.

Bimá sání 'éí Hastiin Hílison yich'į' yáłti'. Tóonii 'éí łį́į' biyéél yidínóoł'į̃łgóó dah diiyá. Nít'ę́ę' tsin dah yishdloozh bik'i łį́į' biyéél dah si'ą́ nít'ę́'ę́egi doo si'ą́ą́ da. Háí shį́į́ nayiisnii' lá.

Tóonii bimá sání naalyéhé bá hooghandę́ę́' ch'égháahgo yits'ą́ą nídeest'į́'. Bąąh nahóókaadígíí doo yidoołséeł da yiniiyé yits'ą́ą nídeest'į́'. Bąąh nahóókaadígíí haashį́į yit'éego t'áadoo bínabídééłkidígóó bee 'i'íí'ą́.

Hooghangóó dah nídiikáahjį' o'oolkidgo, Tóonii ch'íníyáá dóó chidí bikéeji̧' adeez'áhí sizínígóó níyá. Nít'ę́ę' bimá 'ání, "Nilį́į' biyéél shóisiníłt'e', shiyáázh."

Tóonii bił naaki nilį̃igo t'óó bimá yinéł'į, bitsiits'iin yiłne'go. T'áadoo 'ádóne'ígóó t'óó doo yáłti' da. Tóonii bimá 'éí chidí bikéeji̧' adeez'áhíígíí 'akée'ji̧' yich'į' dah diilnii'.

---

The following week, Grandmother went with Tony and his mother to Gallup. When they arrived at Merl's, Tony dragged his feet toward the Trading Post. He had to start all over again, saving for a saddle. He kicked a few bottle caps along the sidewalk and finally went inside.

Grandmother was talking with Mr. Hilson. Tony went to look at the saddle. There was an empty space on the sawhorse where it used to sit. Someone had bought it.

Tony hid from Grandmother as she left the store so she wouldn't see his sad face. Somehow, he made it through the day without anyone asking him what was wrong.

When it was time to go home, he went out to the truck. His mother said, "You got your saddle, my son."

He looked at her in confusion and shook his head. He didn't know what to say. She pointed to the back of the truck.

Tóonii chidí bikéejį' adeez'áhí yąąh dah neeshjį́į́d dóó bigą́ą́stsiin yee dahidéłtį́į́go dóó bikee' dah naalch'ą́ą́łgo chidí bikéejį' adeez'áhí bits'a' yii' déé'į́į́'. Tóonii 'éí doo 'oodlą́ą́ da. T'ah nít'ę́ę́ nahgóó si'ą́ … bilį́į́' biyéél bił nizhóní yę́ę. Tóonii bimá binii' t'óó yiyoołdlohgo chidí yiih híyá.

Tóonii 'éí bimá sání biwosgi bideelchidgo yaa 'ákoniizį́į́'. Bimá sání yich'į' náhaayáá dóó bimá sání hazhóó'ógo bitsiits'iin deigo yiłne'. Bimá sání 'éí binii' yishtłizh dóó yishch'ilgo binii' t'óó bíyóh yiyoołdloh nahalin. "Hastiin Hílison éí diyogí náábi'niitł'óníígíí nilį́į́' biyéél yił ałnááyoo'nil. K'adéi, txį' hooghangóó néikah."

Tony hopped up and leaned on his forearms, feet dangling, to see into the truck bed. He couldn't believe it. There it was…his beautiful saddle. His mother smiled and climbed into the truck.

Tony felt Grandmother touch his shoulder. He turned, and she nodded slowly, her wrinkled, brown face not quite hiding a smile. "Mr. Hilson traded your saddle against my next rug," she said. "Now, let's go home."